KB121499

빨갛기엔 너무 퍼렜던 날들

강도화 시집

시인의 말

쓰고 싶을 때만 쓰다 보니 엮어내기까지 참 오래도 걸렸다. 누워있지 않고 펜을 잡기가 버거웠다. 태생적으로 생각하기를 귀찮아하는 사람이다. 생각 한마디를 하면 어느샌가 눈이 감긴다. 그새 피곤해져서 스스로 절전모드를 유지하는 몸뚱이인 것이다. 무용하게 흘려보내는 시간이 아깝기도 하지만, 그만큼 생각이란 나에게 너무 힘든 일이었다. 글을 써야겠다 하고 쓴 문장들은 사실 많지 않다. 대부분 우연히 떠오르는 생각을 잡아놓기 위해 적어둔 것들을 모아 문장으로 만들 수 있었다.

이 과정은 꽤나 적적했다. 망망대해를 떠도는 부유물처럼 갈피를 잡지 못했다. 아니, 무인도에 표류한 조난자처럼 나라는 사람의 생존을 알리려 했던가 아무도 보지 않으리라 생각해서 쉽게 써 내려갔지만 결국 누군가 알아채 주길 바랐던 것일지도 모르겠다. 마침 새 이름을 쟁취하게 된 이 기념비적인 순간에 나의 석 자를 새길 만한 비석이 필요하기도 했다.

내 언어로 써 내려간 말들이 아무에게도 닿지 않고 사라질 것 같아 내심 두려운 마음도 있었다. 이 미약한 생존 신호를 바라봐 준 당신에게 감사를 표한다.

2023년 8월

강도화

到和 온화함에 이르다

차례

3부 필히 액체괴물의 소행일 테다

1부

나도 늪이 싫다

내 눈에는 자석이 있다

내 눈에는 자석이 있고
내가 가는 길에도 자석이 있다
꽤나 강한 자력 때문에
걷는 내내 고개를 들 수 없다

고개는 숙인 채 눈만 흘긋흘긋
고개를 들려고 하면
동공이 부르르 떨리고
목에서는 녹슨 소리가 난다

드디어 목 근육을 벌크업해
고개를 들었다

이제야 고개를 들었는데
이제는 걸음걸이가 삐걱거린다
바닥을 보지 않고는
발을 바닥에 딛는 것조차 못하게 되었다

다시 바닥을 보고
발걸음 걸음을 보며 걸을 수밖에

늪악어

나는 늪지에 사는 악어
질척이는 진흙이 날 옭아매
그 속에서 눈만 끔뻑끔뻑

내가 나가면 다들 싫어해
그래서 또다시 늪 속으로 잠수
철푸덕

나는 늪지에 사는 악어
늪에서 늙어 죽을 악어

나도 볕 내리쬐는 해변에 가보고 싶어

내가 나타나면 모두가 혼비백산

가면 안 되겠지

나도 늪이 싫다

악어가 싫다

진득한 이 속에서 눈만 내밀고

공기 방울 뽀로록

나는 언제쯤 진흙 없이 나설 수 있을까

언제쯤 나도 악어를 좋아할 수 있을까

뭉툭한 페스츄리 나무

개미가 계속 뿌리를 타고 올라온다

그게 싫어서 하나 남은 뿌리가지마저 잘라버렸다

이제 모두 잘려져 뭉툭해진 뿌리 가지로 덜렁 땅 위에 서 있다

바람이 불면 바람이 부는 대로

휘청휘청 흔들리는 것이

이제는 바싹 말라버린 나뭇가지 때문인 것 같아

밑동만 남기고 잘라버렸다

자르고 나니 켜켜이 쌓인 나의 나이테가 드러난다

어찌나 겹겹이 쌓였는지

아그작 씹으면 바삭 소리가 날 듯하다

뿌리 내릴 수도 없고

흔들릴 것도 없다

뭉툭한 뿌리 가지와

페스츄리같은 나이테를 가지고

길을 나선다

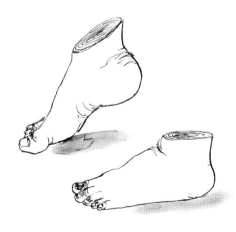

불면의 꿈

　그녀는 종종 내일이 오는 것을 늦추기 위해 글을 썼다. 눈을 감지 않는다고 아침이 밝아오지 않는 건 아니지만, 눈을 부릅뜨고 이미 밤에서 새벽이 돼버린 시간을 밤으로 즐기고자 했다. 잠자는 행위가 불안스러운 일이었던 그녀에게도 가끔 잠에서 깨나기 싫을 때가 있는데, 바로 꿈을 꾸었을 때이다. 꽤나 현실감이 있어서 차라리 그것이 현실이길 바랄 정도로 구체적인 상황의 꿈을 꾸었을 때. 이러한 경험 덕분에 불면증이라는 질환은 겪지 않고 지나왔을 것이다.

　그날도 내일이 오지 않았으면 하는 밤이었고, -밤이라기에는 자정을 넘어 태양이 뜨기 직전 어두움의 시간이었지만- 타자기의 타닥타닥 소리가 비처럼 내린다. 별다른 목적 없이 문장들을 나열하고 있다. 새벽에도 후덥지근한 날씨에 결국 몇 줄 적다 말고 드르륵 돌아가는 작은 선풍기가 있는 침대로 가 누웠다.

　늦었지만, 평소 보다 이른 수면의 시작이다. 창문을 열어둔 터라 그 시각에도 들리는 차 소음에 거슬린다기보다는 매 순간 누군가는 눈뜨고 있는 이곳이 새삼 대단하다고 여기며 창문을 한번 훑어보고는 새우잠을 잔다.
이번엔 뭔가 좋은 꿈을 꾸기를

오늘은 비를 맞고 싶은 날이었다. 비를 녹음한 소리를 틀어 놓았다. 조도를 낮추어 희미한 불빛만 남겨두었고, 방안에는 비가 내렸다.

모든 것이 갖추어져 있어요.
이 꿈에 당신만 찾아오면 돼요.
온전히 그녀를 사랑해 줄 누군가

꿈을 꾸지 않았다. 그 누군가를 상상하는 것조차 아직 그녀에겐 허락되지 않았나 보다. 다시 그녀의 세계로 돌아갔다. 지하철에 오밀조밀 엉겨 타, 흔들흔들 춤을 추는 창 속 검은 실루엣들을 바라본다. 이 많은 사람 중에는 있지 않을까. 지금 내린 저 사람일까. 아니다. 없을 것이다. 오늘 신은 양말이 마음에 들지 않았으니, 오늘은 못 만난 것일 거다.

의미 없는 가정. 웃다가도 고개를 알게 모르게 젓게 되는 상황. 그녀를 사랑받는 사람으로 생각하는 것이다. 그녀 없이도 세상은 잘 돌아갈 것 같으니, 상상만 해보는 것이다.

선인장 눈

눈동자를 굴릴 때마다
버석이는 소리가 들린다

오랫동안 물기가 닿지 않은 그것은
볕에 내놓은 사과처럼 삐쩍 곯았고
남아있는 물기를 뺏기지 않으려 검은 가시를 만들어 냈다

이따금 모든 것을 침수시켰던
일렁이는 홍수는 없어지고
곳곳마다 붉은빛 실선이 그어지기 시작했다

물이 차오르다가도
빠르게 훔쳐버리니
검은 가시는 더 날카로워져만 갔다

뻑뻑한 눈꺼풀의 꿈벅이는 속도는 점점 느려지고 있다
이러다 말라붙어 다시는 열리지 않을 것 같다

카페인이시여

아 거룩한 생명수여

그 빛깔은 지독한 어둠이라 할지언정
우리 안에 밤을 몰아내어
계속해서 아침으로 살 수 있도록 은혜를 베푸는 신물이시여

이 어린양은 더 이상 당신의 자비 없이는 악독한 수마(睡魔)와 견줄 힘이 없나이
다
저의 정신을 청갈히 정돈시켜 주시옵고
잠들지 않는 기계들 사이에서 살아갈 수 있게 하소서

저를 어여삐 여겨 오늘도 두 눈을 뜰 수 있도록
저에게 지독한 성배를
신성한 독배를 허락해 주소서
카페인―

19

핑-퐁

하루 종일 핑퐁
혼자 가만히 핑퐁

다리는 위아래로 달달달
때로는 앉았다가 섰다가
눈알은 좌우로 핑퐁

24시간 중 9시간을
선수교체도 없이 뛰는
식은땀 나는 경기

은퇴할 용기가 없는 노병은
삭힌 한숨을 허파 가득 담고
허허실실

홀사랑

너도 나를 좋아한다는 수많은 증거들을 만들고

나 혼자 부시는 행위예술

룰룰

머리카락이 발꿈치까지 넘실거린다
별 이유가 있어 복사뼈를 지날꺼정
태연히 모르는 체하였다

맞이하지 않은 시간들이
길게 매달려 아우성친다
잘라 내지 못했다

어깨를 짓누르는 무게가
한 손에 가위조차 들지 못하게 했다

이제야
가위를 두 손으로 잡고
발꿈치께를 날카롭게 찌르던
무성한 이것들을 잘라
두 손에 구겨 담는다

그새 키가 좀 자랐다

25

2부

머문 흔적에 난 불을 지피리라

그대 난 용기가 없다

마주침이 어리숙하게 다가온다

이미 정해진 레일따라 바퀴 달고 달리게 하는 기름인가

철로 길 벗어나도록 흩뿌리는 기름인가

내게 닿아 미끄러지듯이 흘러간다

머문 흔적에 난 불을 지피리라

이재라도 내게오겠어?

낭패

해진 운동화 끈이 되어

네 발등에 눌어붙은 천에게 매달린다

하이얀 발등은 나에게 얽매여

노랗게 질린 꽃을 피워 낸다

너는 달린다

너를 놓지 않는 나를 달고 달린다

노란 꽃들은 떨거져 굶주린 바다가 고인다

나는 끊어져 바닥에 나뒹군다

바다에 삼켜진 너는 웃는다

난 끄나풀

발등을 감싸는 천이 되고 싶었다

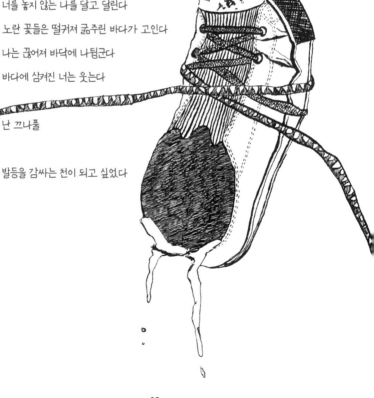

마지막

글자가 너무 딱딱해서

손가락으로 뭉그러트리고 싶었다

어떻게 잘 뭉그러트리면

하지만이 되지 않을까

변명

천재의 거만함이 부러웠던 범재

범재의 거만함은 그냥 나태

힘 있는 자가 유능한 게 이 시대의 명제

이렇게 생각만 하는 나도 동죄

시새움

그래,
이것은 주머니에서 까먹은 채 꺼내지 않은 휴지 조각

가벼운 한 겹에 너석들이라도
세탁기를 돌리면
자신 스스로를 찢어내 어떻게든 옷에 달라붙으려 허덕인다

끝내 그 짙던 검은 옷도
어느새 검뿌연 색을 내보이지

평소 이것들은 우리가 알아채지 못할 정도로
아주 미약한 숨소리를 내뱉는다

그러다 전원 버튼을 누르면
미미했던 이유를
어떻게든 많은 소소한 싫은 점들로 만들지

내 이 옹졸한 휴지 조각들은
너의 한결같던 그 뚜렷한 빛깔도
먼지 속에 나뒹군 것처럼 보이게 하려 용쓴다

자멸

머리를 박고
바싹 엎드려
눈을 감았다

나를 향한 멸시가 담긴 염불을 읊조린다
너무 쉽게 뱉어지고 어렵게 사라져서
연기처럼 뿌옇게 내 머릿속을 채워갔다

머릿속이 자욱해질 때쯤
냉소적인 비하에 취해
손발을 가누지 못하고 축 늘어뜨렸다

질타하는 혐오의 연기에
눈이 매워
눈물을 계속 토해냈다

연기는 걷힐 줄 모르고
눈물은 멎을 줄 몰랐다

나는 이 잔혹한 염불을
스스로 외며 왕생할 것이다

Timeater

I'm a Timeater
매일매일 시간을 까먹어
이 구역에선 내가 푸드파이터

2월 27일

매서운 추위가 몰아치는 나날 중
대수로이 얼음이 녹았던 어느 날

퍽 따뜻한 비가 내렸고
새벽이 지난 후에는
성기게 얼어
도로에 은빛 비단이 깔렸다

겨울이라 부르기도 민망한 끝 무렵
끝의 기의가 새로운 시작인지
눈보라가 다시금 춤춘다

겨울과 봄
끝과 시작

어중간한 모순으로 둘러싸인
유약한 모습은
시작부터 함께했나 보다

3부

필히 액체괴물의 소행일 테다

가족

잠 설쳐 우는 어깨 어르던 홑이불을

내 온몸 두텁스레 얽맨다 걷어내도

시퍼런 달빛 쏘는 밤엔 배 언저리 덮어온다

간극의 무저갱

어떠한 것들은 날씨가 혹독할수록 눈에 들어온다

타오르는 볕이 버거운 날
갖춰진 차림새에도 땀 한 방울 흘리지 않는 누군가
멀끔한 태에 연신 흐르는 땀을 닦아내는 누군가
헐벗듯이 옷을 줄여도 땀으로 적셔진 누군가

매서운 겨울에는 그 틈이 더 시려진다

한기를 막아보려 해도 얼어붙은 손끝을 가진 이
추위 속에 뛰어들기 위해 오늘도 무장하는 이
내리는 눈을 보며 겨울 온 새를 짐작하는 이

나는 온몸을 젖은 채 긴 옷을 입는 사람이오
얼어붙은 손끝으로 눈사람을 만드는 사람이오
틈새의 틈바구니에 들어가 모르쇠로 일관하는 사람이너라
그곳에 흘린 땀을 부어 빙판길 그 위를 건너리

구부러짐의 미학

몸속에 먼지 같은 하얀 벌레들이

빼곡히 모여 마치 자기네들이 눈인 것처럼 쌓이고 있는 거야

난 차곡차곡 모아 눈사람을 뭉치고 있겠지

그런데 조금씩 갉아먹는 거야

내가 그 하얀 것들에 익숙해져 뼈로 느낄 때까지

느긋하게

그러다 무너져 내리겠다

와르르

대화의 수단

개구리의 코털과
고양이의 아가미만이
조용하다

까슬한 두 입술만이 제자리에 붙어 있으며
그마저도 부산히 요동치는 눈동자로 인해
나마저도 소음을 배설하고 있다

여기저기서 입술이 부르트도록
손가락을 두들겨 댄다

귀를 막아도
저들의 사사로운 수다는 끊이지 않는다
입술을 떼어낸 사람이 있던가

바다숲의 여름

집을 둘러싼 수풀은 바람에 부벼져
때때로 우는 소리를 냈다
쏴아 쏴아

그 수풀은 그렇게 물 없는 바닷소리를 내어
생전 바닷가에서 산 적 없는 이를
해변으로 데려다주었다

그러다 문득 만져지는 눅눅한 공기
팔뚝을 훑는 검지에 달라붙는 끈적한 물기

추적추적
내 무성한 바다가 축 처지며 녹음이 짙어지는 날씨
도래한 계절을 가늠해 본다

서울

모두가 나를 쳐다보는 것 같다가도
아무도 쳐다보지 않는 곳

아무도 못 봤을 거라 생각했는데
누군가와 눈이 마주치는 곳

고독하면서도 고요하지 않은 곳

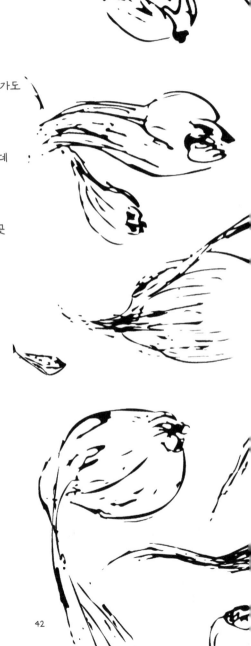

43

액체괴물

6월부터는 액체괴물의 번식기이다

이들은 태어나고 3개월간만 생존하기에 생존기의 번식력이 어마어마하다

공기 중에 떠다니다 생물체 몸에 달라붙는 습성이 있다

온몸에서 내뿜는 뜨거운 열기와 수분이

그 숙주에게 하여금 눅진한 더위를 느끼게 한다

어찌나 달라붙는지 한 번 붙으면 온몸에서 물기가 흥건할 정도이다

간혹 기분이 좋으면 그 큰 입을 벌리고 침을 뚝뚝 흘리는 데

그 침이 몸에 닿으면 꽤 쿰쿰하고 시큼한 냄새 나기 때문에 유의해야 한다

6월부터 약 석 달 정도 누군가 눅눅하게 젖어 요상한 냄새를 풍기면,

필히 액체괴물의 소행일 테다

愛

도대체 사랑이 뭔지 모르겠으니
해부해 봐야겠다

爫 손
冖 안에
心 심장을 품고
夂 천천히 다가간다

흉부를 뚫는 고통을 참고 꺼내
헤집어 놓은 곳을 당장 꿰매고 싶어 빨리 쥐버리고 말까 해도
그가 놀랄세라 천천히 가까워지는 것

참을 수 없는 통증에
손바닥에는 식은 땀이 고이고
난데없는 발열에
몸을 덜덜 떨며 말 건네는 것

너의 그것과 내 것의 혈관을

하나씩 끄집어내 용접하고 싶어

내가 너의 숨이 되고

네가 내쉰 숨이 나에게 올 수 있도록

사랑은 고통스러운 걸까

빨갛기엔 너무 퍼렸던 날들
ⓒ 강도화

발행일 | 2023년 09월 18일
지은이 | 강도화
디자인 | 강도화
편집자 | 강도화

발행처 | 인디펍
발행인 | 민승원
출판등록 | 2019년 01월 28일 제2019-8호
전자우편 | cs@indiepub.kr
대표전화 | 070-8848-8004
팩스 | 0303-3444-7982

정가 9,800원
ISBN 979-11-6756-319-4 (03810)

www.indiepub.kr